COLLECTION FOLIO

P9-BYR-894

Raymond Queneau

Exercices
de style

*Tous droits de traduction, de reproduction et d'adaptation
réservés pour tous les pays.*
© *Éditions Gallimard, 1947.*

ISBN 2-07-037363-0

Notations

Dans l'S, à une heure d'affluence. Un type dans les vingt-six ans, chapeau mou avec cordon remplaçant le ruban, cou trop long comme si on lui avait tiré dessus. Les gens descendent. Le type en question s'irrite contre un voisin. Il lui reproche de le bousculer chaque fois qu'il passe quelqu'un. Ton pleurnichard qui se veut méchant. Comme il voit une place libre, se précipite dessus.

Deux heures plus tard, je le rencontre Cour de Rome, devant la gare Saint-Lazare. Il est avec un camarade qui lui dit : « Tu devrais faire mettre un bouton supplémentaire à ton pardessus. » Il lui montre où (à l'échancrure) et pourquoi.

En partie double

Vers le milieu de la journée et à midi, je me trouvai et montai sur la plate-forme et la terrasse arrière d'un autobus et d'un véhicule des transports en commun bondé et quasiment complet de la ligne S et qui va de la Contrescarpe à Champerret. Je vis et remarquai un jeune homme et un vieil adolescent assez ridicule et pas mal grotesque : cou maigre et tuyau décharné, ficelle et cordelière autour du chapeau et couvre-chef. Après une bousculade et confusion, il dit et profère d'une voix et d'un ton larmoyants et pleurnichards que son voisin et covoyageur fait exprès et s'efforce de le pousser et de l'importuner chaque fois qu'on descend et sort. Cela déclaré et après avoir ouvert la bouche, il se précipite et se dirige vers une place et un siège vides et libres

Deux heures après et cent vingt minutes plus tard, je le rencontre et le revois Cour de Rome et devant la gare Saint-Lazare. Il est et se trouve avec un ami et copain qui lui conseille de et l'incite à faire ajouter et coudre un bouton et un rond de corozo à son pardessus et manteau.

Litotes

Nous étions quelques-uns à nous déplacer de conserve. Un jeune homme, qui n'avait pas l'air très intelligent, parla quelques instants avec un monsieur qui se trouvait à côté de lui, puis il alla s'asseoir. Deux heures plus tard, je le rencontrai de nouveau; il était en compagnie d'un camarade et parlait chiffons.

Métaphoriquement

Au centre du jour, jeté dans le tas des sardines voyageuses d'un coléoptère à l'abdomen blanchâtre, un poulet au grand cou déplumé harangua soudain l'une, paisible, d'entre elles et son langage se déploya dans les airs, humide d'une protestation. Puis, attiré par un vide, l'oisillon s'y précipita.

Dans un morne désert urbain, je le revis le jour même se faisant moucher l'arrogance pour un quelconque bouton.

Rétrograde

Tu devrais ajouter un bouton à ton pardessus
lui dit son ami. Je le rencontrai au milieu de la
Cour de Rome, après l'avoir quitté se précipi-
tant avec avidité vers une place assise. Il venait
de protester contre la poussée d'un autre voyageur, qui, disait-il, le bousculait chaque fois
qu'il descendait quelqu'un. Ce jeune homme
décharné était porteur d'un chapeau ridicule.
Cela se passa sur la plate-forme d'un S complet
ce midi-là.

Surprises

Ce que nous étions serrés sur cette plate-forme d'autobus! Et ce que ce garçon pouvait avoir l'air bête et ridicule! Et que fait-il? Ne le voilà-t-il pas qui se met à vouloir se quereller avec un bonhomme qui — prétendait-il! ce damoiseau! — le bousculait! Et ensuite il ne trouve rien de mieux à faire que d'aller vite occuper une place laissée libre! Au lieu de la laisser à une dame!

Deux heures après, devinez qui je rencontre devant la gare Saint-Lazare? Le même godelureau! En train de se faire donner des conseils vestimentaires! Par un camarade!

A ne pas croire!

Rêve

Il me semblait que tout fût brumeux et nacré autour de moi, avec des présences multiples et indistinctes, parmi lesquelles cependant se dessinait assez nettement la seule figure d'un homme jeune dont le cou trop long semblait annoncer déjà par lui-même le caractère à la fois lâche et rouspéteur du personnage. Le ruban de son chapeau était remplacé par une ficelle tressée. Il se disputait ensuite avec un individu que je ne voyais pas, puis, comme pris de peur, il se jetait dans l'ombre d'un couloir.

Une autre partie du rêve me le montre marchant en plein soleil devant la gare Saint-Lazare. Il est avec un compagnon qui lui dit : « Tu devrais faire ajouter un bouton à ton pardessus. »

Là-dessus, je m'éveillai.

Pronostications

Lorsque viendra midi, tu te trouveras sur la plate-forme arrière d'un autobus où s'entasseront des voyageurs parmi lesquels tu remarqueras un ridicule jouvenceau : cou squelettique et point de ruban au feutre mou. Il ne se trouvera pas bien, ce petit. Il pensera qu'un monsieur le pousse exprès, chaque fois qu'il passe des gens qui montent ou descendent. Il le lui dira, mais l'autre ne répondra pas, méprisant. Et le ridicule jouvenceau, pris de panique, lui filera sous le nez, vers une place libre.

Tu le reverras un peu plus tard, Cour de Rome, devant la gare Saint-Lazare. Un ami l'accompagnera, et tu entendras ces paroles : « Ton pardessus ne croise pas bien ; il faut que tu y fasses ajouter un bouton. »

Synchyses

Ridicule jeune homme, que je me trouvai un jour sur un autobus de la ligne S bondé par traction peut-être cou allongé, au chapeau la cordelière, je remarquai un. Arrogant et larmoyant d'un ton, qui se trouve à côté de lui, contre ce monsieur, proteste-t-il. Car il le pousserait, fois chaque que des gens il descend. Libre il s'assoit et se précipite vers une place, cela dit. Rome (Cour de) je le rencontre plus tard deux heures à son pardessus un bouton d'ajouter un ami lui conseille.

L'arc-en-ciel

Un jour, je me trouvai sur la plate-forme d'un autobus violet. Il y avait là un jeune homme assez ridicule : cou indigo, cordelière au chapeau. Tout d'un coup, il proteste contre un monsieur bleu. Il lui reproche notamment, d'une voix verte, de le bousculer chaque fois qu'il descend des gens. Cela dit, il se précipite, vers une place jaune, pour s'y asseoir.

Deux heures plus tard, je le rencontre devant une gare orangée. Il est avec un ami qui lui conseille de faire ajouter un bouton à son pardessus rouge.

Logo-rallye

(Dot, baïonnette, ennemi, chapelle, atmosphère, Bastille, correspondance.)

Un jour, je me trouvai sur la plate-forme d'un autobus qui devait sans doute faire partie de la dot de la fille de M. Mariage, qui présida aux destinées de la T. C. R. P. Il y avait là un jeune homme assez ridicule, non parce qu'il ne portait pas de baïonnette, mais parce qu'il avait l'air d'en porter une tout en n'en portant pas. Tout d'un coup ce jeune homme s'attaque à son ennemi : un monsieur placé derrière lui. Il l'accuse notamment de ne pas se comporter aussi poliment que dans une chapelle. Ayant ainsi tendu l'atmosphère, le foutriquet va s'asseoir.

Deux heures plus tard, je le rencontre à deux ou trois kilomètres de la Bastille avec un camarade qui lui conseillait de faire ajouter un bouton à son pardessus, avis qu'il aurait très bien pu lui donner par correspondance.

Hésitations

Je ne sais pas très bien où ça se passait... dans une église, une poubelle, un charnier? Un autobus peut-être? Il y avait là... mais qu'est-ce qu'il y avait donc là? Des œufs, des tapis, des radis? Des squelettes? Oui, mais avec encore leur chair autour, et vivants. Je crois bien que c'est ça. Des gens dans un autobus. Mais il y en avait un (ou deux?) qui se faisait remarquer, je ne sais plus très bien par quoi. Par sa mégalomanie? Par son adiposité? Par sa mélancolie? Mieux... plus exactement... par sa jeunesse ornée d'un long... nez? menton? pouce? non : cou, et d'un chapeau étrange, étrange, étrange. Il se prit de querelle, oui c'est ça, avec sans doute un autre voyageur (homme ou femme? enfant ou vieillard?). Cela se termina, cela finit bien par se terminer d'une façon quelconque, probablement par la fuite de l'un des deux adversaires.

Je crois bien que c'est le même personnage que je rencontrai, mais où? Devant une église? devant un charnier? devant une poubelle? Avec un camarade qui devait lui parler de quelque chose, mais de quoi? de quoi? de quoi?

Précisions

A 12 h 17 dans un autobus de la ligne S, long
de 10 mètres, large de 2,1, haut de 3,5, à 3 km 600
de son point de départ, alors qu'il était chargé
de 48 personnes, un individu du sexe masculin,
âgé de 27 ans 3 mois 8 jours, taille 1 m 72 et
pesant 65 kg et portant sur la tête un chapeau
haut de 17 centimètres dont la calotte était entourée d'un ruban long de 35 centimètres, interpelle
un homme âgé de 48 ans 4 mois 3 jours, taille
1 m 68 et pesant 77 kg, au moyen de 14 mots
dont l'énonciation dura 5 secondes et qui fai-
saient allusion à des déplacements involontaires
de 15 à 20 millimètres. Il va ensuite s'asseoir à
quelque 2 m 10 de là.

118 minutes plus tard, il se trouvait à 10 mètres
de la gare Saint-Lazare, entrée banlieue, et se pro-

menait de long en large sur un trajet de 30 mètres
avec un camarade âgé de 28 ans, taille 1 m 70
et pesant 71 kg qui lui conseilla en 15 mots de
déplacer de 5 centimètres, dans la direction du
zénith, un bouton de 3 centimètres de diamètre.

Le côté subjectif

Je n'étais pas mécontent de ma vêture, ce jour-d'hui. J'inaugurais un nouveau chapeau, assez coquin, et un pardessus dont je pensais grand bien. Rencontré X devant la gare Saint-Lazare qui tente de gâcher mon plaisir en essayant de me démontrer que ce pardessus est trop échancré et que j'y devrais rajouter un bouton supplémentaire. Il n'a tout de même pas osé s'attaquer à mon couvre-chef.

Un peu auparavant, rembarré de belle façon une sorte de goujat qui faisait exprès de me brutaliser chaque fois qu'il passait du monde, à la descente ou à la montée. Cela se passait dans un de ces immondes autobi qui s'emplissent de populus précisément aux heures où je dois consentir à les utiliser.

Autre subjectivité

Il y avait aujourd'hui dans l'autobus à côté de moi, sur la plate-forme, un de ces morveux comme on n'en fait guère, heureusement, sans ça je finirais par en tuer un. Celui-là, un gamin dans les vingt-six, trente ans, m'irritait tout spécialement non pas tant à cause de son grand cou de dindon déplumé que par la nature du ruban de son chapeau, ruban réduit à une sorte de ficelle de teinte aubergine. Ah! le salaud! Ce qu'il me dégoûtait! Comme il y avait beaucoup de monde dans notre autobus à cette heure-là, je profitais des bousculades qui ont lieu à la montée ou à la descente pour lui enfoncer mon coude entre les côtelettes. Il finit par s'esbigner lâchement avant que je me décide à lui marcher un peu sur les arpions pour

lui faire les pieds. Je lui aurais dit aussi, afin de
le vexer, qu'il manquait un bouton à son pardessus trop échancré.

Récit

Un jour vers midi du côté du parc Monceau, sur la plate-forme arrière d'un autobus à peu près complet de la ligne S (aujourd'hui 84), j'aperçus un personnage au cou fort long qui portait un feutre mou entouré d'un galon tressé au lieu de ruban. Cet individu interpella tout à coup son voisin en prétendant que celui-ci faisait exprès de lui marcher sur les pieds chaque fois qu'il montait ou descendait des voyageurs. Il abandonna d'ailleurs rapidement la discussion pour se jeter sur une place devenue libre.

Deux heures plus tard, je le revis devant la gare Saint-Lazare en grande conversation avec un ami qui lui conseillait de diminuer l'échancrure de son pardessus en en faisant remonter le bouton supérieur par quelque tailleur compétent.

Composition de mots

Je plate-d'autobus-formais co-foultitudinaire-ment dans un espace-temps lutécio-méridiennal et voisinais avec un longicol tresseautourducha-peauté morveux. Lequel dit à un quelconquanonyme : « Vous me bousculapparaissez. » Cela éjaculé, se placelibra voracement. Dans une spatio-temporalité postérieure, je le revis qui placesaint-lazarait avec un X qui lui disait : tu devrais boutonsupplémenter ton pardessus. Et il pourquexpliquait la chose.

Négativités

Ce n'était ni un bateau, ni un avion, mais un moyen de transport terrestre. Ce n'était ni le matin, ni le soir, mais midi. Ce n'était ni un bébé, ni un vieillard, mais un homme jeune. Ce n'était ni un ruban, ni une ficelle, mais du galon tressé. Ce n'était ni une procession, ni une bagarre, mais une bousculade. Ce n'était ni un aimable, ni un méchant, mais un rageur. Ce n'était ni une vérité, ni un mensonge, mais un prétexte. Ce n'était ni un debout, ni un gisant, mais un voulant-être assis.

Ce n'était ni la veille, ni le lendemain, mais le jour même. Ce n'était ni la gare du Nord, ni la gare de Lyon mais la gare Saint-Lazare. Ce n'était ni un parent, ni un inconnu, mais un ami. Ce n'était ni une injure, ni une moquerie, mais un conseil vestimentaire.

Animisme

Un chapeau mou, brun, fendu, les bords baissés, la forme entourée d'une tresse de galon, un chapeau se tenait parmi les autres, tressautant seulement des inégalités du sol transmises par les roues du véhicule automobile qui le transportait, lui le chapeau. A chaque arrêt, les allées et venues des voyageurs lui donnaient des mouvements latéraux parfois assez prononcés, ce qui finit par le fâcher, lui le chapeau. Il exprima son ire par l'intermédiaire d'une voix humaine à lui rattachée par une masse de chair structuralement disposée autour d'une quasi-sphère osseuse perforée de quelques trous qui se trouvait sous lui, lui le chapeau. Puis il alla soudain s'asseoir, lui le chapeau.

Une ou deux heures plus tard, je le revis se déplaçant à quelque un mètre soixante-six au-dessus du sol et de long en large devant la gare Saint-Lazare, lui le chapeau. Un ami lui conseillait de faire ajouter un bouton supplémentaire à son pardessus... un bouton supplémentaire... à son pardessus... lui dire ça... à lui... lui le chapeau.

Anagrammes

Dans l'S à une rhuee d'effluenca un pety dans les stingvix nas, qui tavia un drang ouc miagre et un peaucha nigar d'un drocon au lieu ed nubar, se pisaduit avec un treau guervayo qu'il cacusait de le suboculer neovalotriment. Ayant ainsi nulripecher, il se ciréppite sur une cepal rilbe.

Une huree plus drat, je le conterne à la Cuor ed More, devant la rage Tsian-Zalare. Il étiat avec un dacamare qui lui sidait : « Tu verdais fiare temter un toubon plusplémentiare à ton sessudrap. » Il lui tromnai où (à l'échancrure).

Distinguo

Dans un autobus (qu'il ne faut pas prendre pour
un autre obus), je vis (et pas avec une vis) un personnage (qui ne perd son âge) coiffé d'un chapeau
(pas d'une peau de chat) cerné d'un fil tressé (et
non de tril fessé). Il possédait (et non pot cédait)
un long cou (et pas un loup con). Comme la foule
se bousculait (non que la boule se fousculât), un
nouveau voyageur (et non un veau nouillageur)
déplaça le susdit (et non suça ledit plat). Cestuy
râla (et non cette huître hala), mais voyant une
place libre (et non ployant une vache ivre) s'y
précipita (et non si près s'y piqua).

Plus tard je l'aperçus (non pas gel à peine su)
devant la gare Saint-Lazare (et non là où l'hagard
ceint le hasard) qui parlait avec un copain (il

n'écopait pas d'un pralin) au sujet d'un bouton de son manteau (qu'il ne faut pas confondre avec le bout haut de son menton).

Homéotéleutes

Un jour de canicule sur un véhicule où je cir-
cule, gesticule un funambule au bulbe minuscule,
à la mandibule en virgule et au capitule ridicule.
Un somnambule l'accule et l'annule, l'autre arti-
cule : « crapule », mais dissimule ses scrupules,
recule, capitule et va poser ailleurs son cul.
Une hule aprule, devant la gule Saint-Lazule
je l'aperçule qui discule à propos de boutules, de
boutules de pardessule.

Exercices de style. 2.

Lettre officielle

J'ai l'honneur de vous informer des faits suivants dont j'ai pu être le témoin aussi impartial qu'horrifié.

Ce jour même, aux environs de midi, je me trouvais sur la plate-forme d'un autobus qui remontait la rue de Courcelles en direction de la place Champerret. Ledit autobus était complet, plus que complet même, oserai-je dire, car le receveur avait pris en surcharge plusieurs impétrants, sans raison valable et mû par une bonté d'âme exagérée qui le faisait passer outre aux règlements et qui, par suite, frisait l'indulgence. A chaque. arrêt, les allées et venues des voyageurs descendants et montants ne manquaient pas de provoquer une certaine bousculade qui incita l'un de ces voyageurs à protester, mais non sans timidité. Je dois dire qu'il alla s'asseoir dès que la chose fut possible.

J'ajouterai à ce bref récit cet addendum : j'eus l'occasion d'apercevoir ce voyageur quelque temps après en compagnie d'un personnage que je n'ai pu identifier. La conversation qu'ils échangeaient avec animation semblait avoir trait à des questions de nature esthétique.

Étant donné ces conditions, je vous prie de vouloir bien, Monsieur, m'indiquer les conséquences que je dois tirer de ces faits et l'attitude qu'ensuite il vous semblera bon que je prenne dans la conduite de ma vie subséquente.

Dans l'attente de votre réponse, je vous assure, Monsieur, de ma parfaite considération empressée au moins.

Prière d'insérer

Dans son nouveau roman, traité avec le brio qui lui est propre, le célèbre romancier X, à qui nous devons déjà tant de chefs-d'œuvre, s'est appliqué à ne mettre en scène que des personnages bien dessinés et agissant dans une atmosphère compréhensible par tous, grands et petits. L'intrigue tourne donc autour de la rencontre dans un autobus du héros de cette histoire et d'un personnage assez énigmatique qui se querelle avec le premier venu. Dans l'épisode final, on voit ce mystérieux individu écoutant avec la plus grande attention les conseils d'un ami, maître en dandysme. Le tout donne une impression charmante que le romancier X a burinée avec un rare bonheur.

Onomatopées

Sur la plate-forme, pla pla pla, d'un autobus, teuff teuff teuff, de la ligne S (pour qui sont ces serpents qui sifflent sur), il était environ midi, ding din don, ding din don, un ridicule éphèbe, proüt, proüt, qui avait un de ces couvre-chefs, phui, se tourna (virevolte, virevolte) soudain vers son voisin d'un air de colère, rreuh, rreuh, et lui dit, hm hm : « Vous faites exprès de me bousculer, monsieur. » Et toc. Là-dessus, vroutt, il se jette sur une place libre et s'y assoit, boum.

Ce même jour, un peu plus tard, ding din don, ding din don, je le revis en compagnie d'un autre éphèbe, proüt, proüt, qui lui causait bouton de pardessus (brr, brr, brr, il ne faisait donc pas si chaud que ça...).

Et toc.

Analyse logique

Autobus.
Plate-forme.
Plate-forme d'autobus. C'est le lieu.
Midi.
Environ.
Environ midi. C'est le temps.
Voyageurs.
Querelle.
Une querelle de voyageurs. C'est l'action.
Homme jeune.
Chapeau. Long cou maigre.
Un jeune homme avec un chapeau et un galon
   tressé autour. C'est le personnage principal.
Quidam.
Un quidam.
Un quidam. C'est le personnage second.

Moi.

Moi.

Moi. C'est le tiers personnage. Narrateur.

Mots.

Mots.

Mots. C'est ce qui fut dit.

Place libre.

Place occupée.

Une place libre ensuite occupée. C'est le résultat.

La gare Saint-Lazare.

Une heure plus tard.

Un ami.

Un bouton.

Autre phrase entendue. C'est la conclusion.

Conclusion logique.

Insistance

Un jour, vers midi, je montai dans un autobus presque complet de la ligne S. Dans un autobus presque complet de la ligne S, il y avait un jeune homme assez ridicule. Je montais dans le même autobus que lui, et ce jeune homme, monté avant moi dans ce même autobus de la ligne S, presque complet, vers midi, portait sur la tête un chapeau que je trouvai bien ridicule, moi qui étais monté dans le même autobus que ce jeune homme, sur la ligne S, un jour, vers midi.

Ce chapeau était entouré d'une sorte de galon tressé comme celui d'une fourragère, et le jeune homme qui le portait, ce chapeau, — et ce galon — se trouvait dans le même autobus que moi, un autobus presque complet parce qu'il était midi; et, sous ce chapeau, dont le galon imitait une fourragère, s'allongeait un visage suivi d'un long, long cou. Ah! qu'il était long le cou de ce jeune homme qui portait un chapeau entouré d'une fourragère, sur un autobus de la ligne S, un jour vers midi.

La bousculade était grande dans l'autobus qui nous transportait vers le terminus de la ligne S, un jour vers midi, moi et ce jeune homme qui plaçait un long cou sous un chapeau ridicule. Des heurts qui se produisaient résulta soudain une protestation, protestation qui émana de ce jeune homme qui avait un si long cou sur la plate-forme d'un autobus de la ligne S, un jour vers midi.

Il y eut une accusation formulée d'une voix mouillée de dignité blessée, parce que sur la plate-forme d'un autobus S, un jeune homme avait un chapeau muni d'une fourragère tout autour, et un long cou; il y eut aussi une place vide tout à coup dans cet autobus de la ligne S presque complet parce qu'il était midi, place qu'occupa bientôt le jeune homme au long cou et au chapeau ridicule, place qu'il convoitait parce qu'il ne voulait plus se faire bousculer sur cette plate-forme d'autobus, un jour, vers midi.

Deux heures plus tard, je le revis devant la gare Saint-Lazare, ce jeune homme que j'avais remarqué sur la plate-forme d'un autobus de la ligne S, ce jour même, vers midi. Il était avec un compagnon de son acabit qui lui donnait un conseil relatif à certain bouton de son pardessus. L'autre l'écoutait attentivement. L'autre, c'est ce jeune homme qui avait une fourragère autour de son chapeau, et que je vis sur la plateforme d'un autobus de la ligne S, presque complet, un jour, vers midi.

Ignorance

Moi, je ne sais pas ce qu'on me veut. Oui, j'ai pris l'S vers midi. Il y avait du monde? Bien sûr, à cette heure-là. Un jeune homme avec un chapeau mou? C'est bien possible. Moi, je n'examine pas les gens sous le nez. Je m'en fous. Une espèce de galon tressé? Autour du chapeau? Je veux bien que ça soit une curiosité, mais moi, ça ne me frappe pas autrement. Un galon tressé... Il s'aurait querellé avec un autre monsieur? C'est des choses qu'arrivent.

Et ensuite je l'aurais de nouveau revu une heure ou deux plus tard? Pourquoi pas? Il y a des choses encore plus curieuses dans la vie. Ainsi, je me souviens que mon père me racontait souvent que...

Passé indéfini

Je suis monté dans l'autobus de la porte Champerret. Il y avait beaucoup de monde, des jeunes, des vieux, des femmes, des militaires. J'ai payé ma place et puis j'ai regardé autour de moi. Ce n'était pas très intéressant. J'ai quand même fini par remarquer un jeune homme dont j'ai trouvé le cou trop long. J'ai examiné son chapeau et je me suis aperçu qu'au lieu d'un ruban il y avait un galon tressé. Chaque fois qu'un nouveau voyageur est monté il y a eu de la bousculade. Je n'ai rien dit, mais le jeune homme au long cou a tout de même interpellé son voisin. Je n'ai pas entendu ce qu'il lui a dit, mais ils se sont regardés d'un sale œil. Alors, le jeune homme au long cou est allé s'asseoir précipitamment.

En revenant de la porte Champerret, je suis

passé devant la gare Saint-Lazare. J'ai vu mon type qui discutait avec un copain. Celui-ci a désigné du doigt un bouton juste au-dessus de l'échancrure du pardessus. Puis l'autobus m'a emmené et je ne les ai plus vus. J'étais assis et je n'ai pensé à rien.

Présent

A midi, la chaleur s'étale autour des pieds des voyageurs d'autobus. Que, placée sur un long cou, une tête stupide, ornée d'un chapeau grotesque vienne à s'enflammer, aussitôt pète la querelle. Pour foirer bien vite d'ailleurs, en une atmosphère lourde pour porter encore trop vivantes de bouche à oreille, des injures définitives. Alors, on va s'asseoir à l'intérieur, au frais.

Plus tard peuvent se poser, devant des gares aux cours doubles, des questions vestimentaires, à propos de quelque bouton que des doigts gras de sueur tripotent avec assurance.

Passé simple

Ce fut midi. Les voyageurs montèrent dans l'autobus. On fut serré. Un jeune monsieur porta sur sa tête un chapeau entouré d'une tresse, non d'un ruban. Il eut un long cou. Il se plaignit auprès de son voisin des heurts que celui-ci lui infligea. Dès qu'il aperçut une place libre, il se précipita vers elle et s'y assit.

Je l'aperçus plus tard devant la gare Saint-Lazare. Il se vêtit d'un pardessus et un camarade qui se trouva là lui fit cette remarque : il fallut mettre un bouton supplémentaire.

Imparfait

C'était midi. Les voyageurs montaient dans
l'autobus. On était serré. Un jeune monsieur portait sur sa tête un chapeau qui était entouré d'une
tresse et non d'un ruban. Il avait un long cou.
Il se plaignait auprès de son voisin des heurts que
ce dernier lui infligeait. Dès qu'il apercevait une
place libre, il se précipitait vers elle et s'y asseyait.

Je l'apercevais plus tard, devant la gare Saint-
Lazare. Il se vêtait d'un pardessus et un camarade qui se trouvait là lui faisait cette remarque :
il fallait mettre un bouton supplémentaire.

Alexandrins

Un jour, dans l'autobus qui porte la lettre S,
Je vis un foutriquet de je ne sais quelle es-
Pèce qui râlait bien qu'autour de son turban
Il y eût de la tresse en place de ruban.
Il râlait ce jeune homme à l'allure insipide,
Au col démesuré, à l'haleine putride,
Parce qu'un citoyen qui paraissait majeur
Le heurtait, disait-il, si quelque voyageur
Se hissait haletant et poursuivi par l'heure
Espérant déjeuner en sa chaste demeure.
Il n'y eut point d'esclandre et le triste quidam
Courut vers une place et s'assit sottement.
Comme je retournais direction rive gauche
De nouveau j'aperçus ce personnage moche
Accompagné d'un zèbre, imbécile dandy,
Qui disait : « Ce bouton faut pas le mettre icy. »

Polyptotes

Je montai dans un autobus plein de contribuables qui donnaient des sous à un contribuable qui avait sur son ventre de contribuable une petite boîte qui contribuait à permettre aux autres contribuables de continuer leur trajet de contribuables. Je remarquai dans cet autobus un contribuable au long cou de contribuable et dont la tête de contribuable supportait un chapeau mou de contribuable ceint d'une tresse comme jamais n'en porta contribuable. Soudain ledit contribuable interpelle un contribuable de voisin en lui reprochant amèrement de lui marcher exprès sur ses pieds de contribuable chaque fois que d'autres contribuables montaient ou descendaient de l'autobus pour contribuables. Puis le contribuable irrité alla s'asseoir à la place pour contribuable que venait de laisser libre un autre contribuable. Quelques heures de contribuable plus tard, je l'aperçus dans la Cour pour contribuables de Rome, en compagnie d'un contribuable qui lui donnait des conseils d'élégance de contribuable.

Aphérèses

Tai obus yageurs. Marquai ne me tait ble lui rafe tait peau vec lon sé. Ère tre tre geur chant cher eds que tait dait de. La seoir ne ce tait bre.

Tournant ve che, çus chait ge vec mi nait seils ance trant mier ton essus.

Apocopes

Je mon dans un aut plein de voya. Je remar
un jeu hom dont le cou é sembla à ce de la gira
et qui por un cha a un ga tres. Il se mit en col
con un au voya, lui repro de lui mar sur les pi
cha fois qu'il mon ou descen du mon. Puis il al
s'as car u pla é li.

Re ri gau, je l'aper qui mar en long et en lar
a un a qui lui don des con d'élég en lui mon le
pre bou de son pard.

Syncopes

Je mtai ds aubus plein dvyageurs. Je rarquai un jhomme au coublebleluirafe et au chapaltrés. Il se mit en colcautre vyageur car il lui rechait de lui marpier. Puis il ocpa une pce denue lbre.

En fant le mêmin en sinverse, je l'açus à Courome qui prait une lon d'égance àjet d'un bton.

Moi je

Moi je comprends ça : un type qui s'acharne
à vous marcher sur les pinglots, ça vous fout en
rogne. Mais après avoir protesté aller s'asseoir
comme un péteux, moi, je comprends pas ça. Moi
j'ai vu ça l'autre jour sur la plate-forme arrière
d'un autobus S. Moi je lui trouvais le cou un peu
long à ce jeune homme et aussi bien rigolote cette
espèce de tresse qu'il avait autour de son chapeau. Moi jamais j'oserais me promener avec un
couvre-chef pareil. Mais c'est comme je vous le
dis, après avoir gueulé contre un autre voyageur
qui lui marchait sur les pieds, ce type est allé
s'asseoir sans plus. Moi, je lui aurais foutu une
baffe à ce salaud qui m'aurait marché sur les
pieds.

Il y a des choses curieuses dans la vie, moi je

vous le dis, il n'y a que les montagnes qui ne se rencontrent pas. Deux heures plus tard, moi je rencontre de nouveau ce garçon. Moi, je l'aperçois devant la gare Saint-Lazare. Moi, je le vois en compagnie d'un copain de sa sorte qui lui disait, moi je l'ai entendu : « Tu devrais remonter ce bouton-là. » Moi, je l'ai bien vu, il désignait le bouton supérieur.

Exclamations

Tiens! Midi! temps de prendre l'autobus! que
de monde! que de monde! ce qu'on est serré!
marrant! ce gars-là! quelle trombine! et quel
cou! soixante-quinze centimètres! au moins! et le
galon! le galon! je n'avais pas vu! le galon! c'est
le plus marrant! ça! le galon! autour de son chapeau! Un galon! marrant! absolument marrant!
ça y est le voilà qui râle! le type au galon! contre
un voisin! qu'est-ce qu'il lui raconte! L'autre! lui
aurait marché sur les pieds! Ils vont se fiche des
gifles! pour sûr! mais non! mais si! va h y! va
h y! mords y l'œil! fonce! cogne! mince alors!
mais non! il se dégonfle! le type! au long cou!
au galon! c'est sur une place vide qu'il fonce!
oui! le gars!

Eh bien! vrai! non! je ne me trompe pas! c'est

bien lui! là-bas! dans la Cour de Rome! devant la gare Saint-Lazare! qui se balade en long et en large! avec un autre type! et qu'est-ce que l'autre lui raconte! qu'il devrait ajouter un bouton! oui! un bouton à son pardessus! A son pardessus!

Alors

Alors l'autobus est arrivé. Alors j'ai monté dedans. Alors j'ai vu un citoyen qui m'a saisi l'œil. Alors j'ai vu son long cou et j'ai vu la tresse qu'il y avait autour de son chapeau. Alors il s'est mis à pester contre son voisin qui lui marchait alors sur les pieds. Alors, il est allé s'asseoir.

Alors, plus tard, je l'ai revu Cour de Rome. Alors il était avec un copain. Alors, il lui disait, le copain : tu devrais faire mettre un autre bouton à ton pardessus. Alors.

Ampoulé

A l'heure où commencent à se gercer les doigts roses de l'aurore, je montai tel un dard rapide dans un autobus à la puissante stature et aux yeux de vache de la ligne S au trajet sinueux. Je remarquai, avec la précision et l'acuité de l'Indien sur le sentier de la guerre, la présence d'un jeune homme dont le col était plus long que celui de la girafe au pied rapide, et dont le chapeau de feutre mou fendu s'ornait d'une tresse, tel le héros d'un exercice de style. La funeste Discorde aux seins de suie vint de sa bouche empestée par un néant de dentifrice, la Discorde, dis-je, vint souffler son virus malin entre ce jeune homme au col de girafe et à la tresse autour du chapeau, et un voyageur à la mine indécise et farineuse. Celui-là s'adressa en ces termes à celui-ci : « Dites moi, méchant homme, on dirait que vous faites exprès de me marcher sur les pieds ! » Ayant dit ces mots, le jeune homme au col de girafe et à la tresse autour du chapeau s'alla vite asseoir.

Plus tard, dans la Cour de Rome aux majestueuses proportions, j'aperçus de nouveau le jeune homme au cou de girafe et à la tresse autour du chapeau, accompagné d'un camarade arbitre des élégances qui proférait cette critique que je pus entendre de mon oreille agile, critique adressée au vêtement le plus extérieur du jeune homme au col de girafe et à la tresse autour du chapeau : « Tu devrais en diminuer l'échancrure par l'addition ou l'exhaussement d'un bouton à la périphérie circulaire. »

Vulgaire

L'était un peu plus dmidi quand j'ai pu monter dans l'esse. Jmonte donc, jpaye ma place comme de bien entendu et voilàtipas qu'alors jremarque un zozo l'air pied, avec un cou qu'on aurait dit un télescope et une sorte de ficelle autour du galurin. Je lregarde passeque jlui trouve l'air pied quand le voilàtipas qu'ismet à interpeller son voisin. Dites donc, qu'il lui fait, vous pourriez pas faire attention, qu'il ajoute, on dirait, qu'i pleurniche, quvous lfaites essprais, qu'i bafouille, deummarcher toutltemps sullé panards, qu'i dit. Là-dssus, tout fier de lui, i va s'asseoir. Comme un pied.

Jrepasse plus tard Cour de Rome et jl'aperçois qui discute le bout de gras avec autre zozo de son espèce. Dis donc, qu'i lui faisait l'autre, tu dvrais, qu'i lui disait, mettre un ottbouton, qu'il ajoutait, à ton pardingue, qu'i concluait

Interrogatoire

— A quelle heure ce jour-là passa l'autobus de la ligne S de midi 23, direction porte de Champerret?

— A midi 38.

— Y avait-il beaucoup de monde dans l'autobus de la ligne S sus-désigné?

— Des floppées.

— Qu'y remarquâtes-vous de particulier?

— Un particulier qui avait un très long cou et une tresse autour de son chapeau.

— Son comportement était-il aussi singulier que sa mise et son anatomie?

— Tout d'abord non; il était normal, mais il finit par s'avérer être celui d'un cyclothymique paranoïaque légèrement hypotendu dans un état d'irritabilité hypergastrique.

— Comment cela se traduisit-il?

— Le particulier en question interpella son voisin sur un ton pleurnichard en lui demandant s'il ne faisait pas exprès de lui marcher sur les pieds chaque fois qu'il montait ou descendait des voyageurs.

— Ce reproche était-il fondé?

— Je l'ignore.

— Comme se termina cet incident?

— Par la fuite précipitée du jeune homme qui alla occuper une place libre.

— Cet incident eut-il un rebondissement?

— Moins de deux heures plus tard.

— En quoi consista ce rebondissement?

— En la réapparition de cet individu sur mon chemin.

— Où et comment le revîtes-vous?

— En passant en autobus devant la cour de Rome.

— Qu'y faisait-il?

— Il prenait une consultation d'élégance.

Comédie

Scène I

(Sur la plate-forme arrière d'un autobus S, un jour, vers midi.)

LE RECEVEUR. — La monnaie, s'iou plaît.

(Des voyageurs lui passent la monnaie.)

Scène II

(L'autobus s'arrête.)

LE RECEVEUR. — Laissons descendre. Priorités? Une priorité! C'est complet. Drelin, drelin, drelin.

ACTE SECOND

Scène I

(Même décor.)

PREMIER VOYAGEUR *(jeune, long cou, une tresse autour du chapeau).* — On dirait, monsieur, que vous le faites exprès de me marcher sur les pieds chaque fois qu'il passe des gens.

SECOND VOYAGEUR *(hausse les épaules).*

Scène II

(Un troisième voyageur descend.)

PREMIER VOYAGEUR *(s'adressant au public)* : Chouette! une place libre! J'y cours. *(Il se précipite dessus et l'occupe.)*

ACTE TROISIÈME

Scène I

(La Cour de Rome.)

UN JEUNE ÉLÉGANT *(au premier voyageur, maintenant piéton).* — L'échancrure de ton pardessus est trop large. Tu devrais la fermer un peu en faisant remonter le bouton du haut.

Scène II

(A bord d'un autobus S passant devant la Cour de Rome.)

QUATRIÈME VOYAGEUR. — Tiens, le type qui se trouvait tout à l'heure avec moi dans l'autobus et qui s'engueulait avec un bonhomme. Curieuse rencontre. J'en ferai une comédie en trois actes et en prose.

Apartés

L'autobus arriva tout gonflé de voyageurs. *Pourvu que je ne le rate pas, veine il y a encore une place pour moi.* L'un d'eux *il en a une drôle de tirelire avec son cou démesuré* portait un chapeau de feutre mou entouré d'une sorte de cordelette à la place de ruban *ce que ça a l'air prétentieux* et soudain se mit *tiens qu'est-ce qui lui prend* à vitupérer un voisin *l'autre fait pas attention à ce qu'il lui raconte* auquel il reprochait de lui marcher exprès *a l'air de chercher la bagarre, mais il se dégonflera* sur les pieds. Mais comme une place était libre à l'intérieur *qu'est-ce que je disais,* il tourna le dos et courut l'occuper.

Deux heures plus tard environ *c'est curieux les coïncidences,* il se trouvait Cour de Rome en compa-

gnie d'un ami *un michet de son espèce* qui lui désignait de l'index un bouton de son pardessus
qu'est-ce qu'il peut bien lui raconter?

Paréchèses

Sur la tribune bustérieure d'un bus qui transha-
butait vers un but peu bucolique des bureau-
crates abutis, un burlesque funambule à la buc-
cule loin du buste et au gibus sans buran, fit
brusquement du grabuge contre un burgrave qui
le bousculait : « Butor! y a de l'abus! » S'attri-
buant un taburet, il s'y culbuta tel un obus dans
une cambuse.

Bultérieurement, en un conciliabule, il butinait
cette stibulation : « Buse! ce globuleux buton
buche mal ton burnous! »

Fantomatique

Nous, garde-chasse de la Plaine-Monceau, avons
l'honneur de rendre compte de l'inexplicable et
maligne présence dans le voisinage de la porte
orientale du Parc de S. A. R. Monseigneur Phi-
lippe le sacré duc d'Orléans, ce jour d'huy seize
de mai mille sept cent quatre-vingt-trois, d'un
chapeau mou de forme inhabituelle et entouré
d'une sorte de galon tressé. Conséquemment nous
constatâmes l'apparition soudaine sous le dit chapeau d'un homme jeune, pourvu d'un cou d'une
longueur extraordinaire et vêtu comme on se vêt
sans doute à la Chine. L'effroyable aspect de ce
quidam nous glaça les sangs et prévint notre fuite.
Ce quidam demeura quelques instants immobile,
puis s'agita en grommelant comme s'il repoussait
le voisinage d'autres quidams invisibles mais à lui

sensibles. Soudain son attention se porta vers son manteau et nous l'entendîmes qui murmurait comme suit : « Il manque un bouton, il manque un bouton. » Il se mit alors en route et prit la direction de la Pépinière. Attiré malgré nous par l'étrangeté de ce phénomène, nous le suivîmes hors des limites attribuées à notre juridiction et nous atteignîmes nous trois le quidam et le chapeau un jardinet désert mais planté de salades. Une plaque bleue d'origine inconnue mais certainement diabolique portait l'inscription « Cour de Rome ». Le quidam s'agita quelques moments encore en murmurant : « Il a voulu me marcher sur les pieds. » Ils disparurent alors, lui d'abord, et quelque temps après, son chapeau. Après avoir dressé procès-verbal de cette liquidation, j'allai boire chopine à la Petite-Pologne.

Philosophique

Les grandes villes seules peuvent présenter à la spiritualité phénoménologique les essentialités des coïncidences temporelles et improbabilistes. Le philosophe qui monte parfois dans l'inexistentialité futile et outillitaire d'un autobus S y peut apercevoir avec la lucidité de son œil pinéal les apparences fugitives et décolorées d'une conscience profane affligée du long cou de la vanité et de la tresse chapeautière de l'ignorance. Cette matière sans entéléchie véritable se lance parfois dans l'impératif catégorique de son élan vital et récriminatoire contre l'irréalité néoberkeleyienne d'un mécanisme corporel inalourdi de conscience. Cette attitude morale entraîne alors le plus inconscient des deux vers une spatialité vide où il se décompose en ses éléments premiers et crochus.

La recherche philosophique se poursuit normalement par la rencontre fortuite mais anagogique du même être accompagné de sa réplique inessentielle et couturière, laquelle lui conseille nouménalement de transposer sur le plan de l'entendement le concept de bouton de pardessus situé sociologiquement trop bas.

Apostrophe

O stylographe à la plume de platine, que ta
course rapide et sans heurt trace sur le papier au
dos satiné les glyphes alphabétiques qui transmet-
tront aux hommes aux lunettes étincelantes le récit
narcissique d'une double rencontre à la cause auto-
busilistique. Fier coursier de mes rêves, fidèle
chameau de mes exploits littéraires, svelte fon-
taine de mots comptés, pesés et choisis, décris les
courbes lexicographiques et syntaxiques qui for-
meront graphiquement la narration futile et déri-
soire des faits et gestes de ce jeune homme qui
prit un jour l'autobus S sans se douter qu'il
deviendrait le héros immortel de mes laborieux
travaux d'écrivain. Freluquet au long cou sur-
plombé d'un chapeau cerné d'un galon tressé,
roquet rageur, rouspéteur et sans courage qui,

fuyant la bagarre, allas poser ton derrière moisson-
neur de coups de pieds au cul sur une banquette
en bois durci, soupçonnais-tu cette destinée rhé-
torique lorsque, devant la gare Saint-Lazare, tu
écoutais d'une oreille exaltée les conseils de tailleur d'un personnage qu'inspirait le bouton supérieur de ton pardessus?

Maladroit

Je n'ai pas l'habitude d'écrire. Je ne sais pas.
J'aimerais bien écrire une tragédie ou un sonnet
ou une ode, mais il y a les règles. Ça me gêne.
C'est pas fait pour les amateurs. Tout ça c'est déjà
bien mal écrit. Enfin. En tout cas, j'ai vu aujour-
d'hui quelque chose que je voudrais bien coucher
par écrit. Coucher par écrit ne me paraît pas bien
fameux. Ça doit être une de ces expressions toutes
faites qui rebutent les lecteurs qui lisent pour les
éditeurs qui recherchent l'originalité qui leur paraît nécessaire dans les manuscrits que les éditeurs
publient lorsqu'ils ont été lus par les lecteurs que
rebutent les expressions toutes faites dans le genre
de « coucher par écrit » qui est pourtant ce que je
voudrais faire de quelque chose que j'ai vu aujour-
d'hui bien que je ne sois qu'un amateur que

gênent les règles de la tragédie, du sonnet ou de l'ode car je n'ai pas l'habitude d'écrire. Merde, je ne sais pas comment j'ai fait mais me voilà revenu tout au début. Je ne vais jamais en sortir. Tant pis. Prenons le taureau par les cornes. Encore une platitude. Et puis ce gars-là n'avait rien d'un taureau. Tiens, elle n'est pas mauvaise celle-là. Si j'écrivais : prenons le godelureau par la tresse de son chapeau de feutre mou emmanché d'un long cou, peut-être bien que ce serait original. Peut-être bien que ça me ferait connaître des messieurs de l'Académie française, du Flore et de la rue Sébastien-Bottin. Pourquoi ne ferais-je pas de progrès après tout. C'est en écrivant qu'on devient écriveron. Elle est forte celle-là. Tout de même faut de la mesure. Le type sur la plate-forme de l'autobus il en manquait quand il s'est mis à engueuler son voisin sous prétexte que ce dernier lui marchait sur les pieds chaque fois qu'il se tassait pour laisser monter ou descendre des voyageurs. D'autant plus qu'après avoir protesté comme cela, il est allé vite s'asseoir dès qu'il a vu une place libre à l'intérieur comme s'il craignait les coups. Tiens j'ai déjà raconté la moitié de mon histoire. Je me demande comment j'ai fait. C'est tout de même agréable d'écrire. Mais il reste le plus difficile. Le plus calé. La transition. D'autant plus qu'il n'y a pas de transition. Je préfère m'arrêter.

Désinvolte

I

Je monte dans le bus.
— C'est bien pour la porte Champerret?
— Vous savez donc pas lire?
— Excuses.
Il moud mes tickets sur son ventre.
— Voilà.
— Merci.
Je regarde autour de moi.
— Dites donc, vous.
Il a une sorte de galon autour de son chapeau.
— Vous pourriez pas faire attention?
Il a un très long cou.
— Non mais dites donc.

Le voilà qui se précipite sur une place libre.

— Eh bien.

Je me dis ça.

II

Je monte dans le bus.

— C'est bien pour la place de la Contrescarpe?

— Vous savez donc pas lire?

— Excuses.

Son orgue de Barbarie fonctionne et il me rend mes tickets avec un petit air dessus.

— Voilà.

— Merci.

On passe devant la gare Saint-Lazare.

— Tiens le type de tout à l'heure.

Je penche mon oreille.

— Tu devrais faire mettre un autre bouton à ton pardessus.

Il lui montre où.

— Il est trop échancré ton pardessus.

Ça c'est vrai.

— Eh bien.

Je me dis ça.

Partial

Après une attente démesurée l'autobus enfin tourna le coin de la rue et vint freiner le long du trottoir. Quelques personnes descendirent, quelques autres montèrent : j'étais de celles-ci. On se tassa sur la plate-forme, le receveur tira véhémentement sur une chasse de bruit et le véhicule repartit. Tout en découpant dans un carnet le nombre de tickets que l'homme à la petite boîte allait oblitérer sur son ventre, je me mis à inspecter mes voisins. Rien que des voisins. Pas de femmes. Un regard désintéressé alors. Je découvris bientôt la crème de cette boue circonscrivante : un garçon d'une vingtaine d'années qui portait une petite tête sur un long cou et un grand chapeau sur sa petite tête et une petite tresse coquine autour de son grand chapeau.

Quel pauvre type, me dis-je.

Ce n'était pas seulement un pauvre type, c'était un méchant. Il se poussa du côté de l'indignation en accusant un bourgeois quelconque de lui laminer les pieds à chaque passage de voyageurs, montants ou descendants. L'autre le regarda d'un œil sévère, cherchant une réplique farouche dans le répertoire tout préparé qu'il devait trimbaler à travers les diverses circonstances de la vie, mais ce jour-là il ne se retrouvait pas dans son classement. Quant au jeune homme, craignant une paire de gifles, il profita de la soudaine liberté d'une place assise pour se précipiter sur celle-ci et s'y asseoir.

Je descendis avant lui et ne pus continuer à observer son comportement. Je le destinais à l'oubli lorsque, deux heures plus tard, moi dans l'autobus, lui sur le trottoir, je le revis Cour de Rome, toujours aussi lamentable.

Il marchait de long en large en compagnie d'un camarade qui devait être son maître d'élégance et qui lui conseillait, avec une pédanterie dandyesque, de faire diminuer l'échancrure de son pardessus en y faisant adjoindre un bouton supplémentaire.

Quel pauvre type, me dis-je.

Puis nous deux mon autobus, nous continuâmes notre chemin.

Sonnet

Glabre de la vaisselle et tressé du bonnet,
Un paltoquet chétif au cou mélancolique
Et long se préparait, quotidienne colique,
A prendre un autobus le plus souvent complet.

L'un vint, c'était un dix ou bien peut-être un S.
La plate-forme, hochet adjoint au véhicule,
Trimbalait une foule en son sein minuscule
Où des richards pervers allumaient des londrès.

Le jeune girafeau, cité première strophe,
Grimpé sur cette planche entreprend un péquin
Lequel, proclame-t-il, voulait sa catastrophe,

Pour sortir du pétrin bigle une place assise
Et s'y met. Le temps passe. Au retour un faquin
A propos d'un bouton examinait sa mise.

Olfactif

Dans cet S méridien il y avait en dehors de l'odeur habituelle, odeur d'abbés, de décédés, d'œufs, de geais, de haches, de ci-gîts, de cas, d'ailes, d'aime haine au pet de culs, d'airs détestés, de nus vers, de doubles vés cés, de hies que scient aides grecs, il y avait une certaine senteur de long cou juvénile, une certaine perspiration de galon tressé, une certaine âcreté de rogne, une certaine puanteur lâche et constipée tellement marquées que lorsque deux heures plus tard je passai devant la gare Saint-Lazare je les reconnus et les identifiai dans le parfum cosmétique, fashionable et tailoresque qui émanait d'un bouton mal placé.

Gustatif

Cet autobus avait un certain goût. Curieux mais
incontestable. Tous les autobus n'ont pas le même
goût. Ça se dit, mais c'est vrai. Suffit d'en faire
l'expérience. Celui-là — un S — pour ne rien
cacher — avait une petite saveur de cacahouète
grillée je ne vous dis que ça. La plate-forme avait
son fumet spécial, de la cacahouète non seulement
grillée mais encore piétinée. A un mètre soixante
au-dessus du tremplin, une gourmande, mais il ne
s'en trouvait pas, aurait pu lécher quelque chose
d'un peu suret qui était un cou d'homme dans sa
trentaine. Et à vingt centimètres encore au-dessus,
il se présentait au palais exercé la rare dégustation
d'un galon tressé un peu cacaoté. Nous dégus-
tâmes ensuite le chouigne-gueume de la dispute,
les châtaignes de l'irritation, les raisins de la colère
et les grappes de l'amertume.

Deux heures plus tard nous eûmes droit au dessert : un bouton de pardessus... une vraie noisette...

Tactile

Les autobus sont doux au toucher surtout si on les prend entre les cuisses et qu'on les caresse avec les deux mains, de la tête vers la queue, du moteur vers la plate-forme. Mais quand on se trouve sur cette plate-forme alors on perçoit quelque chose de plus âpre et de plus rêche qui est la tôle ou la barre d'appui, tantôt quelque chose de plus rebondi et de plus élastique qui est une fesse. Quelquefois il y en a deux, alors on met la phrase au pluriel. On peut aussi saisir un objet tubulaire et palpitant qui dégurgite des sons idiots, ou bien un ustensile aux spirales tressées plus douces qu'un chapelet, plus soyeuses qu'un fil de fer barbelé, plus veloutées qu'une corde et plus menues qu'un câble. Ou bien encore on peut toucher du doigt la connerie humaine, légèrement visqueuse et gluante, à cause de la chaleur.

Puis si l'on patiente une heure ou deux, alors devant une gare raboteuse, on peut tremper sa main tiède dans l'exquise fraîcheur d'un bouton de corozo qui n'est pas à sa place.

Visuel

Dans l'ensemble c'est vert avec un toit blanc, allongé, avec des vitres. C'est pas le premier venu qui pourrait faire ça, des vitres. La plate-forme c'est sans couleur, c'est moitié gris moitié marron si l'on veut. C'est surtout plein de courbes, des tas d'S pour ainsi dire. Mais à midi comme ça, heure d'affluence, c'est un drôle d'enchevêtrement. Pour bien faire faudrait étirer hors du magma un rectangle d'ocre pâle, y planter au bout un ovale pâle ocre et là-dessus coller dans les ocres foncés un galurin que cernerait une tresse de terre de Sienne brûlée et entremêlée par-dessus le marché. Puis on t'y foutrait une tache caca d'oie pour représenter la rage, un triangle rouge pour exprimer la colère et une pissée de vert pour rendre la bile rentrée et la trouille foireuse.

Après ça on te dessinerait un de ces jolis petits mignons de pardingues bleu marine avec, en haut, juste en dessous de l'échancrure, un joli petit mignon de bouton dessiné au quart de poil.

Auditif

Coinquant et pétaradant, l'S vint crisser le long du trottoir silencieux. Le trombone du soleil bémolisait midi. Les piétons, braillantes cornemuses, clamaient leurs numéros. Quelques-uns montèrent d'un demi-ton, ce qui suffit pour les emporter vers la porte Champerret aux chantantes arcades. Parmi les élus haletants, figurait un tuyau de clarinette à qui les malheurs des temps avaient donné forme humaine et la perversité d'un chapelier pour porter sur la timbale un instrument qui ressemblait à une guitare qui aurait tressé ses cordes pour s'en faire une ceinture. Soudain au milieu d'accords en mineur de voyageurs entreprenants et de voyajrices consentantes et des trémolos bêlants du receveur rapace éclate une cacophonie burlesque où la rage de la contrebasse se mêle à l'irritation de la trompette et à la frousse du basson.

Puis, après soupir, silence, pause et double-pause, éclate la mélodie triomphante d'un bouton en train de passer à l'octave supérieure.

Télégraphique

BUS BONDÉ STOP JNHOMME LONG COU CHAPEAU
CERCLE TRESSÉ APOSTROPHE VOYAGEUR INCONNU
SANS PRÉTEXTE VALABLE STOP QUESTION DOIGTS
PIEDS FROISSÉS CONTACT TALON PRÉTENDU VOLON-
TAIRE STOP JNHOMME ABANDONNE DISCUSSION POUR
PLACE LIBRE STOP QUATORZE HEURES PLACE ROME
JNHOMME ÉCOUTE CONSEILS VESTIMENTAIRES CAMA-
RADE STOP DÉPLACER BOUTON STOP SIGNÉ ARCTURUS.

Ode

Dans l'autobus
dans l'autobon
l'autobus S
l'autobusson
qui dans les rues
qui dans les ronds
va son chemin
à petits bonds
près de Monceau
près de Monçon
par un jour chaud
par un jour chon
un grand gamin
au cou trop long
porte un chapus
porte un chapon

dans l'autobus
dans l'autobon

Sur le chapus
sur le chapon
y a une tresse
y a une tron
dans l'autobus
dans l'autobon
et par dlassusse
et par dlasson
y a de la presse
et y a du pron
et lgrand gamin
au cou trop long
i râle un brin
i râle un bron
contre un lapsus
contre un lapon
dans l'autobus
dans l'autobon
mais le lapsus
mais le lapon
pas commodus
pas commodon
montre ses dents
montre ses dons
sur l'autobus

sur l'autobon
et lgrand gamin
au cou trop long
va mett ses fesses
va mett son fond
dans le bus S
 dans le busson
sur la banquette
pour les bons cons

Sur la banquette
pour les bons cons
moi le poète
au gai pompon
un peu plus tard
un peu plus thon
à Saint-Lazare
à Saint-Lazon
qu'est une gare
pour les bons gons
je rvis lgamin
au cou trop long
et son pardingue
dmandait pardong
à un copain
à un copon
pour un boutus
pour un bouton

près dl'autobus
près dl'autobon

Si cette histoire
si cette histon
vous intéresse
vous interon
n'ayez de cesse
n'ayez de son
avant qu'un jour
avant qu'un jon
sur un bus S
sur un busson
vous ne voyiez
les yeux tout ronds
le grand gamin
au cou trop long
et son chapus
et son chapon
et son boutus
et son bouton
dans l'autobus
dans l'autobon
l'autobus S
l'autobusson

Permutations
par groupes croissants de lettres

Rvers unjou urlap midis ormea latef eduna
rrièr sdela utobu sjape ligne njeun rçusu eauco
ehomm longq utrop taitu uipor eauen nchap
dunga touré essé lontr. Nilint soudai asonvo
erpell préten isinen ecelui dantqu aitexp cifais
uimarc résdel lespie hersur uefois dschaq ntaito
quilmo ndaitd udesce geurs esvoya. Onnadai ila-
band apideme lleursr cussion ntladis etersur
poursej elibre uneplac.

Heures pl quelques le revisd us tard je are saint
evant lag grande co lazare en on avec un nversati
qui lui di camarade ireremon sait de fa ton supér
ter le bou npardess ieur de so us.

Permutations
par groupes croissants de mots

Jour un midi vers, la sur arrière plate-forme un d'de autobus ligne la j'S un aperçus jeune au homme trop cou qui long un portait entouré chapeau un d'tressé galon. Interpella son soudain il prétendant que voisin en exprès de celui-ci faisait sur les lui marcher fois qu'pieds chaque ou descendait il montait des voyageurs. Ailleurs rapidement la il abandonna d'jter sur une discussion pour se place libre.

Je le revis devant quelques heures plus tard en grande conversation avec la gare Saint-Lazare disait de faire remonter un camarade qui lui supérieur de son pardessus un peu le bouton.

Hellénismes

Dans un hyperautobus plein de pétrolonautes, je fus martyr de ce microrama en une chronie de métaffluence : un hypotype plus qu'icosapige avec un pétase péricyclé par caloplegme et un macrotrachèle eucylindrique anathématise emphatiquement un éphémère et anonyme outisse, lequel, à ce qu'il pseudolégeait, lui épivédait sur les bipodes mais, dès qu'il euryscopa une cœnotopie, il se péristropha pour s'y catapelter.

En une chronie hystère, je l'esthèsis devant le sidérodromeux stathme hagiolazarique, péripatant avec un compsanthrope qui lui symboulait la métacinèse d'un omphale sphincter.

Ensembliste

Dans l'autobus S considérons l'ensemble A des voyageurs assis et l'ensemble D des voyageurs debout. A un certain arrêt, se trouve l'ensemble P des personnes qui attendent. Soit C l'ensemble des voyageurs qui montent; c'est un sous-ensemble de P et il est lui-même l'union de C′ l'ensemble des voyageurs qui restent sur la plate-forme et de C″ l'ensemble de ceux qui vont s'asseoir. Démontrer que l'ensemble C″ est vide.

Z étant l'ensemble des zazous et $\{z\}$ l'intersection de Z et de C′, réduite à un seul élément. A la suite de la surjection des pieds de z sur ceux de y (élément quelconque de C′ différent de z), il se produit un ensemble M de mots prononcés par l'élément z. L'ensemble C″ étant devenu non vide, démontrer qu'il se compose de l'unique élément z.

Soit maintenant P' l'ensemble des piétons se trouvant devant la gare Saint-Lazare, ∤ z, z' ∤ l'intersection de Z et de P', B l'ensemble des boutons du pardessus de z, B' l'ensemble des emplacements possibles des dits boutons selon z', démontrer que l'injection de B dans B' n'est pas une bijection.

Définitionnel

Dans un grand véhicule automobile public de transport urbain désigné par la dix-neuvième lettre de l'alphabet, un jeune excentrique portant un surnom donné à Paris en 1942, ayant la partie du corps qui joint la tête aux épaules s'étendant sur une certaine distance et portant sur l'extrémité supérieure du corps une coiffure de forme variable entourée d'un ruban épais entrelacé en forme de natte — ce jeune excentrique donc imputant à un individu allant d'un lieu à un autre la faute consistant à déplacer ses pieds l'un après l'autre sur les siens se mit en route pour se mettre sur un meuble disposé pour qu'on puisse s'y asseoir, meuble devenu non occupé.

Cent vingt secondes plus tard, je le vis de nouveau devant l'ensemble des bâtiments et des voies d'un chemin de fer où se font le dépôt des marchandises et l'embarquement ou le débarquement des voyageurs. Un autre jeune excentrique portant un surnom donné à Paris en 1942 lui procurait des avis sur ce qu'il convient de faire à propos d'un cercle de métal, de corne, de bois, etc., couvert ou non d'étoffe, servant à attacher les vêtements, en l'occurrence un vêtement masculin qu'on porte par-dessus les autres.

Tanka

L'autobus arrive
Un zazou à chapeau monte
Un heurt il y a
Plus tard devant Saint-Lazare
Il est question d'un bouton

Vers libres

L'autobus
plein
le cœur
vide
le cou
long
le ruban
tressé
les pieds
plats
plats et aplatis
la place
vide

et l'inattendue rencontre près de la gare aux mille
feux éteints

de ce cœur, de ce cou, de ce ruban, de ces pieds,
de cette place vide,
et de ce bouton.

Translation

Dans l'Y, en un hexagone d'affouragement. Un typhon dans les trente-deux anacardiers, chapellerie modeste avec coréopsis remplaçant la rubellite, couchette trop longue comme si on lui avait tiré dessus. Les gentillesses descendent. Le typhon en quêteur s'irrite contre un voiturier. Il lui reproche de le bousculer chaque fois qu'il passe quelqu'un, tondeur pleurnichard qui se veut méchant. Comme il voit une placette libre, se précipite dessus.

Huit hexagones plus loin, je le rencontre dans la courbe de Roncq, devant la gargouille de Saint-Dizier. Il est avec un cambreur qui lui dit : « Tu devrais faire mettre un bouton-pression supplémentaire à ton pare-chocs. » Il lui montre où (à l'échantillon) et pourquoi.

Lipogramme

Voici.

Au stop, l'autobus stoppa. Y monta un zazou au cou trop long, qui avait sur son caillou un galurin au ruban mou. Il s'attaqua aux panards d'un quidam dont arpions, cors, durillons sont avachis du coup; puis il bondit sur un banc et s'assoit sur un strapontin où nul n'y figurait.

Plus tard, vis-à-vis la station saint-Machin ou saint-Truc, un copain lui disait : « Tu as à ton raglan un bouton qu'on a mis trop haut. » Voilà.

Anglicismes

Un dai vers middai, je tèque le beusse et je sie un jeugne manne avec une grète nèque et un hatte avec une quainnde de lèsse tressés. Soudainement ce jeugne manne bi-queumze crézé et acquiouse un respectable seur de lui trider sur les toses. Puis il reunna vers un site eunoccupé.

A une lète aoure je le sie égaine; il vouoquait eupe et daoune devant la Ceinte Lazare stécheunne. Un beau lui guivait un advice à propos de beutone.

Prosthèses

Zun bjour hvers dmidi, dsur lla aplateforme
zarrière zd'hun tautobus, gnon ploin ddu éparc
Omonceaux, èje fremarquai hun éjeune phomme
zau pcou strop mlong, cqui sexhibait hun tcha-
peau centouré d'zun agalon stressé zau mlieu ede
truban. Bsoudain, zil tinterpella sson svoisin zen
aprétendant cque tcelui-tci rfaisait texprès ède
zlui nmarcher ssur tles rpieds tchaque gfois cqu'uil
zmontait zou rdescendait édes jvoyageurs. Hil
babandonna trapidement lla xdiscussion épour sse
ajeter ssur hune tplace uvide.

Gquelques cheures aplus atard, èje lle rrevis
ddevant lla agare Esaint-Blazare zen rgrande
xconversation zavec hun gcamarade cqui élui
rdonnait édes fconseils zau tsujet dd'hun mbouton
éde tson ppppppppppppppppppppardessssus.

Épenthèses

Uon jouir vears mirdi, suir lea plateforome arrièare d'uin autoibus S, joe vois uin homime aiu conu troup loung quai poritait uin chaipeau enotouré d'uin galion tresasé avu lievu die ruaban. Tovut à covup iel interapella soin voiisin ein préteindant quie cealui-coi faissait exaprès die luvi marocher suar leis piedos chaique fouis qvu'ill monatait ovu desicendait deus voyagreurs. Iol abanodonna d'ailoleurs rapideument lia discusision povur sie jeiter suir uane plabce livbre.

Quelaques heubres pluis taird, jie lie rievis debvant lia gaire Savint-Lazxare ein grainde conoversation abvec uon camacrade quzi luzi dibsait die fagire relmonter uon pelu lie bobuton surpérieur die soin pardessssssssssssssssssssssus.

Paragoges

Ung jourz verse midir, surl laa plateformet arrièreu d'uno autobusi, j'aperçuss uno jeuneu hommeu aux coux tropr longg ett quie portaito ung chapeaux entourée d'ung galong tressés aux lieux deu rubann. Soudainj, ile interpellat sono voisino eno prétendanti queue celuio-cix faisaito exprèso deu luiv marcheri surb lesq piedsa cha-quex foisa quh'ile montaiti oui descendaiti desd voyageursi. Ilo abandonnat d'ailleurst rapide-mento lab discussiong pourv sei jeteri sura uneu placeu librex.

Quelquesu heuresu plusu tardu, jeu leu revisu devantu lau gareu Sainteu-Lazareu enu grandex conversationg aveco uno camaradeb quib luib disaitr dew fairex remontert leq boutonq supé-rieurm dek sonj pardessusssssssssssssssssssssss.

Parties du discours

ARTICLES : le, la, les, une, des, du, au.

SUBSTANTIFS : jour, midi, plate-forme, autobus, ligne S, côté, parc, Monceau, homme, cou, chapeau, galon, lieu, ruban, voisin, pied, fois, voyageur, discussion, place, heure, gare, saint, Lazare, conversation, camarade, échancrure, pardessus, tailleur, bouton.

ADJECTIFS : arrière, complet, entouré, grand, libre, long, tressé.

VERBES : apercevoir, porter, interpeller, prétendre, faire, marcher, monter, descendre, abandonner, jeter, revoir, dire, diminuer, faire, remonter.

PRONOMS : je, il, se, le, lui, son, qui, celui-ci, que, chaque, tout, quelque.

ADVERBES : peu, près, fort, exprès, ailleurs, rapidement, plus, tard.

PRÉPOSITIONS : vers, sur, de, en, devant, avec, par, à, avec, par, à.

CONJONCTIONS : que, ou.

Métathèses

Un juor vres miid, sru la palte-frome aièrrre d'un aubutos, je requarmai un hmome au cuo prot logn et au pacheau enrouté d'une srote de filecle. Soudian il prédentit qeu sno viosin liu machrait votonlairement sru lse pides. Mias étivant la quelerle il se prépicita sru enu pacle lirbe.

Duex heuser psul trad je le rvise denavt la grae Siant-Laraze en comgnapie d'un pernosnage qiu liu dannoit dse consiels au suejt d'un botuon.

Par devant par derrière

Un jour par devant vers midi par derrière sur la plate-forme par devant arrière par derrière d'un autobus par devant à peu près complet par derrière, j'aperçus par devant un homme par derrière qui avait par devant un long cou par derrière et un chapeau par devant entouré d'un galon tressé par derrière au lieu de ruban par devant. Tout à coup il se mit par derrière à engueuler par devant un voisin par derrière qui, disait-il par devant, lui marchait par derrière sur les pieds par devant, chaque fois qu'il montait par derrière des voyageurs par devant. Puis il alla par derrière s'asseoir par devant, car une place par-derrière était devenue libre par devant.

Un peu plus tard par derrière je le revis par

devant devant la gare Saint-Lazare par derrière avec un ami par devant qui lui donnait par derrière des conseils d'élégance.

Noms propres

Sur la Joséphine arrière d'un Léon complet, j'aperçus un jour Théodule avec Charles le trop long et Gibus entouré par Trissotin et pas par Rubens. Tout à coup Théodule interpella Théodose qui piétinait Laurel et Hardy chaque fois que montaient ou descendaient des Poldèves. Théodule abandonna d'ailleurs rapidement Eris pour Laplace.

Deux Huyghens plus tard, je revis Théodule devant Saint-Lazare en grand Cicéron avec Brummell qui lui disait de retourner chez O'Rossen pour faire remonter Jules de trois centimètres.

Loucherbem

Un lourjingue vers lidimège sur la lateformeplic arrière d'un lobustotem, je gaffe un lypétinge avec un long loukem et un lapeauchard entouré d'un lalongif au lieu de lubanrogue. Soudain il se met à lenlèguer son loisinvé parce qu'il lui larchemait sur les miépouilles. Mais pas lavèbre il se trissa vers une lacepème lidévée.

Plus tard je le gaffe devant la laregame Laintsoin Lazarelouille avec un lypetogue dans son lenregome qui lui donnait des lonseilcons à propos d'un loutonbé.

Javanais

Unvin jovur vevers mividin suvur unvin vauto-
bobuvus deveu lava livignévé essévé, jeveu vape-
verçuvus unvin jeveunovomme vavec unvin lon-
vong couvou evet unvin chavapoveau envantou-
vourévé pavar uvune fivicévelle ovau lieuveu deveu
ruvubanvan. Toutvoutavoucou ivil invinterver-
pevellava sonvon voisouasinvin envan prévéten-
vandenvant quivil luivui macharvaichait suvur
léves piévieds. Ivil avabanvandovonnava ravapi-
videveumenvant lava diviscuvussivion povur seveu
jevetéver suvur uvune plavaceveu livibreveu.

Deveux heuveureuves pluvus tavard jeveu leveu
reveuvivis deveuvanvant lava gavare Saivingt-
Lavazavareveu envant granvandeveu convorséver-
savativion avvévec uvin cavamavaravadeveu quivi
luivui divisaitvait deveu divimivinivinuvuer l'évé-

chanvancruvure deveu sonvon pavardeveusseuvus envan faivaisavant revemonvontéver pavar quévelquinvun deveu comvonpévétenvant leveu bouvoutonvon suvupévérivieur duvu pavardeveussuvus evan quiévestivion.

Antonymique

Minuit. Il pleut. Les autobus passent presque
vides. Sur le capot d'un AI du côté de la Bastille,
un vieillard qui a la tête rentrée dans les épaules
et ne porte pas de chapeau remercie une dame
placée très loin de lui parce qu'elle lui caresse les
mains. Puis il va se mettre debout sur les genoux
d'un monsieur qui occupe toujours sa place.

Deux heures plus tôt, derrière la gare de Lyon,
ce vieillard se bouchait les oreilles pour ne pas
entendre un clochard qui se refusait à dire qu'il
lui fallait descendre d'un cran le bouton inférieur
de son caleçon.

Macaronique

Sol erat in regionem zenithi et calor atmospheri magnissima. Senatus populusque parisiensis sudebant. Autobi passebant completi. In uno ex supradictis autobibus qui S denominationem portebat, hominem quasi junum, cum collo multi elongato et cum chapito a galono tressato cerclato vidi. Iste junior insultavit alterum hominem qui proximus erat : pietinat, inquit, pedes meos post deliberationem animæ tuæ. Tunc sedem libram vidente, cucurrit là.

Sol duas horas in coelo habebat descendues. Sancti Lazari stationem ferrocaminorum passente devant, junum supradictum cum altero ejusdem farinae qui arbiter elegantiarum erat et qui apropo uno ex boutonis capae junioris consilium donebat vidi.

Homophonique

Ange ouvert m'y dit sur la pelle à deux formes d'un haut obus (est-ce?), j'à peine sus un je nomme (ô Coulomb!) avec de l'adresse autour du chat beau. Sous daim, il entrepella son veau à zinc qui (dix hait-il?) lui maraîcher sur l'évier ex-pré. Mais en veau (hi! han!) une pelle à ce vide ici près six bêtas à bandeau non l'a dit ce cul : Sion.

Un peuple hue tard jeune viking par relais de vents la garce (un l'a tzar)! Un nain dit « vi eus lu », idoine haie dès qu'on scelle à peu rot pot debout. Hon!

Italianismes

Oune giorne en pleiné merigge, ié saille sulla plataforme d'oune otobousse et là quel ouome ié vidis ? ié vidis oune djiovanouome au longué col avé de la treccie otour dou cappel. Et lé ditto djiovanouome oltragge ouno pouovre ouome à qui il rimproveravait de lui pester les pieds et il ne lui pestarait noullément les pieds, mais quand il vidit oune sédie vouote, il corrit por sedersilà.

A oune ouore dè là, ié lé révidis qui ascoltait les consigles d'oune bellimbouste et zerbinotte a proposto d'oune bouttoné dé pardéssousse.

Poor lay Zanglay

Ung joor vare meedee ger preelotobüs poor la
port Changparay. Eel aytay congplay, praysk. Jer
mongtay kang maym ay lar jer vee ung ohm
ahvayk ung long coo ay ung chahrpo hangtooray
dünn saughrt der feessel trayssay. Sir mirssyer
sir mee ang caughlayr contrer ung ingdeeveedüh
kee lühee marshay sühr lay peehay, pühee eel
arlah sarsswar.

Ung per plüh tarh jer ler rervee dervang lahr
Garsinglahzahr ang congparhrgnee d'ung dangdee
kee lühee congsayhiay der fare rermongtay d'ung
crang ler bootong der song pahrdessüh.

Contre-petteries

Un mour vers jidi, sur la fate-plorme autière d'un arrobus, je his un vomme au fou lort cong et à l'entapeau chouré d'une tricelle fessée. Toudain, ce sype verpelle un intoisin qui lui parchait sur les mieds. Cuis il pourut vers une vlace pibre.

Heux pleures tus dard, je le devis revant la sare Laint-Gazare en crain d'étouter les donseils d'un candy.

Botanique

Après avoir fait le poireau sous un tournesol merveilleusement épanoui, je me greffai sur une citrouille en route vers le champ Perret. Là, je déterre une courge dont la tige était montée en graine et le citron surmonté d'une capsule entourée d'une liane. Ce cornichon se met à enguirlander un navet qui piétinait ses plates-bandes et lui écrasait les oignons. Mais, des dattes! fuyant une récolte de châtaignes et de marrons, il alla se planter en terrain vierge.

Plus tard je le revis devant la Serre des Banlieusards. Il envisageait une bouture de pois chiche en haut de sa corolle.

Médical

Après une petite séance d'héliothérapie, je craignis d'être mis en quarantaine, mais montai finalement dans une ambulance pleine de grabataires. Là, je diagnostique un gastralgique atteint de gigantisme opiniâtre avec élongation trachéale et rhumatisme déformant du ruban de son chapeau. Ce crétin pique soudain une crise hystérique parce qu'un cacochyme lui pilonne son tylosis gompheux, puis, ayant déchargé sa bile, il s'isole pour soigner ses convulsions.

Plus tard, je le revois, hagard devant un Lazaret, en train de consulter un charlatan au sujet d'un furoncle qui déparait ses pectoraux.

Injurieux

Après une attente infecte sous un soleil ignoble, je finis par monter dans un autobus immonde où se serrait une bande de cons. Le plus con d'entre ces cons était un boutonneux au sifflet démesuré qui exhibait un galurin grotesque avec un cordonnet au lieu de ruban. Ce prétentiard se mit à râler parce qu'un vieux con lui piétinait les panards avec une fureur sénile; mais il ne tarda pas à se dégonfler et se débina dans la direction d'une place vide encore humide de la sueur des fesses du précédent occupant.

Deux heures plus tard, pas de chance, je retombe sur le même con en train de pérorer avec un autre con devant ce monument dégueulasse qu'on appelle la gare Saint-Lazare. Ils bavardochaient à propos d'un bouton. Je me dis : qu'il le fasse monter ou descendre son furoncle, il sera toujours aussi moche, ce sale con.

Gastronomique

Après une attente gratinée sous un soleil au beurre noir, je finis par monter dans un autobus pistache où grouillaient les clients comme asticots dans un fromage trop fait. Parmi ce tas de nouilles, je remarquai une grande allumette avec un cou long comme un jour sans pain et une galette sur la tête qu'entourait une sorte de fil à couper le beurre. Ce veau se mit à bouillir parce qu'une sorte de croquant (qui en fut baba) lui assaisonnait les pieds poulette. Mais il cessa rapidement de discuter le bout de gras pour se couler dans un moule devenu libre.

J'étais en train de digérer dans l'autobus de retour lorsque devant le buffet de la gare Saint-Lazare, je revis mon type tarte avec un croûton qui lui donnait des conseils à la flan, à propos de la façon dont il était dressé. L'autre en était chocolat.

Zoologique

Dans la volière qui, à l'heure où les lions vont boire, nous emmenait vers la place Champerret, j'aperçus un zèbre au cou d'autruche qui portait un castor entouré d'un mille-pattes. Soudain, le girafeau se mit à enrager sous prétexte qu'une bestiole voisine lui écrasait les sabots. Mais, pour éviter de se faire secouer les puces, il cavala vers un terrier abandonné.

Plus tard, devant le Jardin d'Acclimatation, je revis le poulet en train de pépier avec un zoziau à propos de son plumage.

Impuissant

Comment dire l'impression que produit le contact de dix corps pressés sur la plate-forme arrière d'un autobus S un jour vers midi du côté de la rue de Lisbonne? Comment exprimer l'impression que vous fait la vue d'un personnage au cou difformément long et au chapeau dont le ruban est remplacé, on ne sait pourquoi, par un bout de ficelle? Comment rendre l'impression que donne une querelle entre un voyageur placide injustement accusé de marcher volontairement sur les pieds de quelqu'un et ce grotesque quelqu'un en l'occurrence le personnage ci-dessus décrit? Comment traduire l'impression que provoque la fuite de ce dernier, déguisant sa lâcheté du veule prétexte de profiter d'une place assise?

Enfin comment formuler l'impression que cause

la réapparition de ce sire devant la gare Saint-Lazare deux heures plus tard en compagnie d'un ami élégant qui lui suggérait des améliorations vestimentaires?

Modern style

Dans un omnibus, un jour, vers midi, il m'arriva d'assister à la petite tragi-comédie suivante. Un godelureau, affligé d'un long cou et, chose étrange, d'un petit cordage autour du melon (mode qui fait florès mais que je réprouve), prétextant soudain de la presse qui était grande, interpella son voisin avec une arrogance qui dissimulait mal un caractère probablement veule et l'accusa de piétiner avec une méthode systématique ses escarpins vernis chaque fois qu'il montait ou descendait des dames ou des messieurs se rendant à la porte de Champerret. Mais le gommeux n'attendit point une réponse qui l'eût sans doute amené sur le terrain et grimpa vivement sur l'impériale où l'attendait une place libre, car un des occupants de notre véhicule venait de poser son pied sur le mol asphalte du trottoir de la place Pereire.

Deux heures plus tard, comme je me trouvais alors moi-même sur cette impériale, j'aperçus le blanc-bec dont je viens de vous entretenir qui semblait goûter fort la conversation d'un jeune gandin qui lui donnait des conseils copurchic sur la façon de porter le pet-en-l'air dans la haute.

Probabiliste

Les contacts entre habitants d'une grande ville sont tellement nombreux qu'on ne saurait s'étonner s'il se produit quelquefois entre eux des frictions d'un caractère en général sans gravité. Il m'est arrivé récemment d'assister à l'une de ces rencontres dépourvues d'aménité qui ont lieu en général dans les véhicules destinés aux transports en commun de la région parisienne aux heures d'affluence. Il n'y a d'ailleurs rien d'étonnant à ce que j'en aie été le spectateur, car je me déplace fréquemment de la sorte. Ce jour-là, l'incident fut d'ordre infime, mais mon attention fut surtout attirée par l'aspect physique et la coiffure de l'un des protagonistes de ce drame minuscule. C'était un homme encore jeune, mais dont le cou était d'une longueur probablement supérieure à la moyenne et dont le ruban du chapeau était remplacé par du galon tressé. Chose curieuse, je le revis deux heures plus tard en train d'écouter les conseils d'ordre vestimentaire que lui donnait un camarade en compagnie duquel il se promenait de long en large, avec négligence dirai-je.

Il n'y avait que peu de chances cette fois-ci pour qu'une troisième rencontre se produisît, et le fait est que depuis ce jour jamais je ne revis ce jeune homme, conformément aux raisonnables lois de la vraisemblance.

Portrait

Le stil est un bipède au cou très long qui hante les autobus de la ligne S vers midi. Il affectionne particulièrement la plate-forme arrière où il se tient, morveux, le chef couvert d'une crête entourée d'une excroissance de l'épaisseur d'un doigt, assez semblable à de la corde. D'humeur chagrine, il s'attaque volontiers à plus faible que lui, mais, s'il se heurte à une riposte un peu vive, il s'enfuit à l'intérieur du véhicule où il essaie de se faire oublier.

On le voit aussi, mais beaucoup plus rarement, aux alentours de la gare Saint-Lazare au moment de la mue. Il garde sa peau ancienne pour se protéger contre le froid de l'hiver, mais souvent déchirée pour permettre le passage du corps; cette sorte de pardessus doit se fermer assez haut grâce à des

moyens artificiels. Le stil, incapable de les décou-
vrir lui-même, va chercher alors l'aide d'un autre
bipède d'une espèce voisine, qui lui fait faire des
exercices.

La stilographie est un chapitre de la zoologie
théorique et déductive que l'on peut cultiver en
toute saison.

Géométrique

Dans un parallélépipède rectangle se déplaçant le long d'une ligne droite d'équation $84\,x + S = y$, un homoïde A présentant une calotte sphérique entourée de deux sinusoïdes, au-dessus d'une partie cylindrique de longueur $l > n$, présente un point de contact avec un homoïde trivial B. Démontrer que ce point de contact est un point de rebroussement.

Si l'homoïde A rencontre un homoïde homologue C, alors le point de contact est un disque de rayon $r < l$. Déterminer la hauteur h de ce point de contact par rapport à l'axe vertical de l'homoïde A.

Paysan

J'avions pas de ptits bouts de papiers avec un
numéro dssus, mais j'ommes tout dmême monté
dans steu carriole. Une fois que j'm'y trouvons sus
steu plattforme de steu carriole qui z'appellent
comm' ça eux zautres un autobus, jeum'sentons
tout serré, tout gueurdi et tout racornissou. Enfin
après qu'j'euyons paillé, je j'tons un coup d'œil
tout alentour de nott peursonne et qu'est-ceu queu
jeu voyons-ti pas? un grand flandrin avec un d'ces
cous et un d'ces couv-la-tête pas ordinaires. Le
cou, l'était trop long. L'chapiau, l'avait dla tresse
autour, dame oui. Et pis, tout à coup, le voilà-ti
pas qui s'met en colère? Il a dit des paroles de la
plus grande méchanceté à un pauv' meussieu
qu'en pouvait mais et pis après ça l'est allé s'asseoir, le grand flandrin.

Bin, c'est des choses qu'arrivent comme ça que dans une grande ville. Vous vous figurerez-vous-ti pas qu' l'avons dnouveau rvu, ce grand flandrin. Pas plus tard que deux heures après, dvant une grande bâtisse qui pouvait ben être queuqu'chose comme le palais dl'évêque de Pantruche, comme i disent eux zautres pour appeler leur ville par son petit nom. L'était là lgrand flandrin, qu'i sbaladait dlong en large avec un autt feignant dson espèce et qu'est-ce qu'i lui disait l'autt feignant dson espèce? Li disait, l'autt feignant dson espèce, l'i disait : « Tu dvrais tfaire mett sbouton-là un ti peu plus haut, ça srait ben pluss chouette. » Voilà cqu'i lui disait au grand flandrin, l'autt feignant dson espèce.

Interjections

Psst! heu! ah! oh! hum! ah! ouf! eh! tiens! oh!
peuh! pouah! ouïe! hou! aïe! eh! hein! heu!
pfuitt!
  Tiens! eh! peuh! oh! heu! bon!

Précieux

C'était aux alentours d'un juillet de midi. Le soleil dans toute sa fleur régnait sur l'horizon aux multiples tétines. L'asphalte palpitait doucement, exhalant cette tendre odeur goudronneuse qui donne aux cancéreux des idées à la fois puériles et corrosives sur l'origine de leur mal. Un autobus à la livrée verte et blanche, blasonné d'un énigmatique S, vint recueillir du côté du parc Monceau un petit lot favorisé de candidats voyageurs aux moites confins de la dissolution sudoripare. Sur la plate-forme arrière de ce chef-d'œuvre de l'industrie automobile française contemporaine, où se serraient les transbordés comme harengs en caque, un garnement, approchant à petits pas de la trentaine et portant, entre un cou d'une longueur quasi serpentine et un chapeau cerné d'un cordaginet, une tête aussi fade que plombagineuse, éleva la voix pour se plaindre avec une amertume non feinte et qui semblait émaner d'un verre de gentiane, ou de tout autre liquide aux propriétés voisines, d'un phénomène de heurt répété qui selon lui avait pour origine un co-usager présent *hic et nunc* de la STCRP. Il prit pour lever sa plainte le ton aigre d'un vieux vidame qui se fait pincer l'arrière-train dans une vespasienne et qui, par extraordinaire, n'approuve point cette politesse et ne mange pas de ce pain-là. Mais, découvrant une place vide, il s'y jeta.

Plus tard, comme le soleil avait déjà descendu de plusieurs degrés l'escalier monumental de sa parade céleste et comme de nouveau je me faisais véhiculer par un autre autobus de la même ligne, j'aperçus le personnage plus haut décrit qui se mouvait dans la Cour de Rome de façon péripatétique en compagnie d'un individu *ejusdem farinæ* qui lui donnait, sur cette place vouée à la circulation automobile, des conseils d'une élégance qui n'allait pas plus loin que le bouton.

Inattendu

Les copains étaient assis autour d'une table de café lorsque Albert les rejoignit. Il y avait là René, Robert, Adolphe, Georges, Théodore.

— Alors ça va ? demanda cordialement Robert.

— Ça va, dit Albert.

Il appela le garçon.

— Pour moi, ce sera un picon, dit-il.

Adolphe se tourna vers lui :

— Alors, Albert, quoi de neuf ?

— Pas grand-chose.

— Il fait beau, dit Robert.

— Un peu froid, dit Adolphe.

— Tiens, j'ai vu quelque chose de drôle aujour-d'hui, dit Albert.

— Il fait chaud tout de même, dit Robert.

— Quoi ? demanda René.

— Dans l'autobus, en allant déjeuner, répondit Albert.

— Quel autobus?

— L'S.

— Qu'est-ce que tu as vu? demanda Robert.

— J'en ai attendu trois au moins avant de pouvoir monter.

— A cette heure-là ça n'a rien d'étonnant, dit Adolphe.

— Alors qu'est-ce que tu as vu? demanda René.

— On était serrés, dit Albert.

— Belle occasion pour le pince-fesse.

— Peuh! dit Albert. Il ne s'agit pas de ça.

— Raconte alors.

— A côté de moi il y avait un drôle de type.

— Comment? demanda René.

— Grand, maigre, avec un drôle de cou.

— Comment? demanda René.

— Comme si on lui avait tiré dessus.

— Une élongation, dit Georges.

— Et son chapeau, j'y pense : un drôle de chapeau.

— Comment? demanda René.

— Pas de ruban, mais un galon tressé autour.

— Curieux, dit Robert.

— D'autre part, continua Albert, c'était un râleur ce type.

— Pourquoi ça? demanda René.

— Il s'est mis à engueuler son voisin.

— Pourquoi ça? demanda René.

— Il prétendait qu'il lui marchait sur les pieds.

— Exprès? demanda Robert.

— Exprès, dit Albert.

— Et après?

— Après? Il est allé s'asseoir, tout simplement.

— C'est tout? demanda René.

— Non. Le plus curieux c'est que je l'ai revu deux heures plus tard.

— Où ça? demanda René.

— Devant la gare Saint-Lazare.

— Qu'est-ce qu'il fichait là?

— Je ne sais pas, dit Albert. Il se promenait de long en large avec un copain qui lui faisait remarquer que le bouton de son pardessus était placé un peu trop bas.

— C'est en effet le conseil que je lui donnais, dit Théodore.

Table

ŒUVRES
DE RAYMOND QUENEAU

Poèmes

LES ZIAUX.
BUCOLIQUES.
L'INSTANT FATAL.
PETITE COSMOGONIE PORTATIVE.
SI TU T'IMAGINES.
CENT MILLE MILLIARDS DE POÈMES.
LE CHIEN A LA MANDOLINE.
COURIR LES RUES.
BATTRE LA CAMPAGNE.
FENDRE LES FLOTS.
MORALE ÉLÉMENTAIRE.

Romans

LE CHIENDENT.
GUEULE DE PIERRE.
LES DERNIERS JOURS.
ODILE.
LES ENFANTS DU LIMON.
UN RUDE HIVER.
LES TEMPS MÊLÉS.
PIERROT MON AMI.
LOIN DE RUEIL.
SAINT GLINGLIN.
LE DIMANCHE DE LA VIE.
ZAZIE DANS LE MÉTRO.
ŒUVRES COMPLÈTES DE SALLY MARA.
ON EST TOUJOURS TROP BON AVEC LES FEMMES.
LES FLEURS BLEUES.
LE VOL D'ICARE.

⁂

*Cet ouvrage
a été achevé d'imprimer par
l'imprimerie Bussière à Saint-Amand (Cher)
le 8 avril 1982.
Dépôt légal : avril 1982.
1er dépôt légal dans la collection : mars 1982.
Imprimé en France (1010)*

30409